落花生

許地山的人間百態圖

許地山　著

商務印書館

落花生——許地山的人間百態圖

作　　者：許地山
責任編輯：馮孟琦
出　　版：商務印書館（香港）有限公司
香港筲箕灣耀興道 3 號東匯廣場 8 樓
http://www.commercialpress.com.hk
發　　行：香港聯合書刊物流有限公司
香港新界大埔汀麗路 36 號中華商務印刷大廈 3 字樓
印　　刷：美雅印刷製本有限公司
九龍觀塘榮業街 6 號海濱工業大廈 4 樓 A
版　　次：2016 年 10 月第 1 版第 1 次印刷

ISBN 978 962 07 0424 6
Printed in Hong Kong

目錄

蜜蜂和農人

雨剛晴，蝶兒沒有蓑衣，不敢造次出來，可是瓜棚的[1]四圍，已滿唱了蜜蜂的工夫詩：

彷彷，徨徨！徨徨，彷彷！

生就是這樣，徨徨，彷彷！

趁機會把蜜釀。

大家幫幫忙，

別誤了好時光。

彷彷，徨徨！徨徨，彷彷！

蜂雖然這樣唱，那底下坐着三四個

1 編者按：為切合現代中文的使用習慣和閱讀需要，本書一律將原文中意思為「的」的「底」字，改用「的」代替。

農夫卻各人擔着煙管在那裏閒談。

人的壽命比蜜蜂長，不必像牠們[2]那麼忙麼？未必如此。不過農夫們不懂牠們的歌就是了。但農夫們工作時，也會唱的。他們唱的是：

村中雞一鳴，

陽光便上升，

太陽上升好插秧。

禾秧要水養，

各人還為踏車忙。

東家莫截西家水，

西家不借東家糧。各人只為各人忙——

2 編者按：為切合現代中文的使用習慣和閱讀需要，本書一律將原文中表示動物的「他們」、「他」，改用「牠們」、「牠」代替。

「各人自掃門前雪，

不管他人瓦上霜。」

蓑衣：從前人們用不容易腐爛的草編成的雨衣。

造次：粗魯，輕率。

落花生

我們屋後有半畝隙地。母親說：「讓它[3]荒蕪着怪可惜，既然你們那麼愛吃花生，就闢來做花生園吧[4]。」我們幾姊弟和幾個小丫頭都很喜歡——買種的買種，動土的動土，灌園的灌園；過不了幾個月，居然收穫了！

媽媽說：「今晚我們可以做一個收穫節，也請你們爹爹來嚐嚐我們的新花生，如何？」我們都答應了。母親把花

3 編者按：為切合現代中文的使用習慣和閱讀需要，本書文章一律將原文中表示植物或非人事物的「他」、「他們」，改用「它」、「它們」代替。

4 編者按：為切合現代中文的使用習慣和閱讀需要，本書文章一律將原文中表示「吧」意思的「罷」，改用「吧」。

生做成好幾樣的食品，還吩咐這節期要在園裏的茅亭舉行。

那晚上的天色不大好，可是爹爹也到來，實在很難得！爹爹說：「你們愛吃花生麼？」

我們都爭着答應：「愛！」

「誰能把花生的好處說出來？」

姊姊說：「花生的氣味很美。」

哥哥說：「花生可以製油。」

我說：「無論何等人都可以用賤價買它來吃；都喜歡吃它。這就是它的好處。」

爹爹說：「花生的用處固然很多；但有一樣是很可貴的。這小小的豆不像那好看的蘋果、桃子、石榴，把它們的果實懸在枝上，鮮紅嫩綠的顏色，令人一望而發生羨慕的心。它只把果子埋在地底，等到成熟，才容人把它挖出來。你們偶然看見一棵花生瑟縮地長在地上，不能立刻辨出它有沒有果實，非得等到你接觸它才能知道。」

我們都說：「是的。」母親也點點頭。爹爹接下去說：「所以你們要像花生，因為它是有用的，不是偉大、好看的東西。」我說：「那麼，人要做有用的人，不要做偉大、體面的人了。」爹爹說：「這是我對於你們的希望。」

我們談到夜闌才散，所有花生食品雖然沒有了，然而父親的話現在還印在我心版上。

隙地：空着的地方。

瑟縮：指身體因為寒冷、受驚等抖動，縮起來。

體面：光彩榮耀，或指樣子美麗好看。

夜闌：夜深的時候。

銀翎的使命

黃先生約我到獅子山麓陰濕的地方去找捕蠅草。那時剛過梅雨之期，遠地青山還被煙霞蒸着，惟有幾朵山花在我們眼前澹定地看那在溪澗裏逆行的魚兒喋着它們的殘瓣。

我們沿着溪澗走。正在找尋的時候，就看見一朵大白花從上游順流而下。我說：「這時候，哪有偌大的白荷花流着呢？」

我的朋友說：「你這近視鬼！你準看出那是白荷花麼？我看那是……」

說時遲，來時快，那白的東西已經

流到我們跟前。黃先生急把採集網攔住水面；那時，我才看出是一隻鴿子。他從網裏把那死的飛禽取出來，詫異說：「是誰那麼不仔細，把人家的傳書鴿打死了！」他說時，從鴿翼下取出一封長的小信來。那信已被水浸透了；我們慢慢把它展開，披在一塊石上。

「我們先看看這是從哪裏來，要寄到哪裏去的，然後給他寄去，如何？」我一面說，一面看着。但那上頭不特地址沒有，甚至上下的款識也沒有。

黃先生說：「我們先看看裏頭寫的是甚麼，不必講私德了。」

我笑着說：「是，沒有名字的信就是公的，所以我們也可以披閱一遍。」

於是我們一同唸着：

你教昆兒帶銀翎、翠翼來，吩咐我，若是牠們空着回去，就是我還平安的意思。我恐怕他知道，把這兩隻小寶貝寄在霞妹那裏；誰知道前天她開籠擱飼料的時候，不提防把翠翼放走了！

嗳，愛者，你看翠翼沒有帶信回去，定然很安心，以為我還平安無事。我也很盼望你常想着我的精神和去年一樣。不過現在不能不對你説的，就是過幾天人就要把我接去了！我不得不叫你速速來和他計較。你一來，甚麼事都好辦了。因為他怕的是你和他講理。

嗳，愛者，你見信以後，必得前來，不然，就見我不着；以後只能在纍纍荒塚中讀我的名字了，這不是我不等你，時間不讓我等你喲！

我盼望銀翎平平安安地帶着牠的使命回去。

我們唸完，黃先生道：「這是怎麼一回事？」

「誰能猜呢？反正是不幸的事罷了。現在要緊的，就是怎樣處置這封信。我想把它貼在樹上，也許有知道這事的人經過這裏，可以把它帶去。」我搖着頭，且輕輕地把信揭起。

黃先生說：「不如拿到村裏去打聽一下，或者容易找出一點線索。」

我們商量之下，就另抄一張起來，仍把原信繫在鴿翼底下。黃先生用採掘鍬子在溪邊挖了一個小坑，把鴿子葬在裏頭。回頭為牠立了一座小碑，且從水中淘出幾塊美麗的小石壓在墓上。那墓就在山花盛開的地方，我一翻身，就把些花瓣搖下來，也落在這使者的墓上。

梅雨之期：指持續天陰有雨的情況。因為這種天氣常常出現在中國江南一帶梅子生長的時期，所以人們給了它這個文雅的名稱。

喋：形容成羣的魚、水鳥吃東西的聲音，讀 zhá 音。

偌大：這樣大，那麼大。

款識：在書畫上的題名。

披閱：翻看。

纍纍荒塚：接連不斷的荒廢的墳墓。

春的林野

春光在萬山環抱裏，更是洩漏得遲。那裏的桃花還是開着；漫遊的薄雲從這峰飛過那峰，有時稍停一會，為的是擋住太陽，教地面的花草在它的蔭下避避光焰的威嚇。

岩下的蔭處和山溪的旁邊滿長了微蕨和其它鳳尾草。紅、黃、藍、紫的小草花點綴在綠茵上頭。

天中的雲雀，林中的金鶯，都鼓起牠們的舌簧。輕風把牠們的聲音擠成一片，分送給山中各樣有耳無耳的生物。桃花聽得入神，禁不住落了幾點粉淚，一片一片凝在地上。小草花聽得大醉，也和着聲音的節拍一會兒倒，一會兒起，沒有鎮定的時候。

林下一班孩子正在那裏撿桃花的落瓣哪。他們撿着，清兒忽嚷起來，道：「嗄，爸爸來了！」眾孩子住了手，都向桃林的盡頭盼望。果然爸爸也在那裏摘草花。

清兒道：「我們今天可要試試阿桐的本領了。若是他能辦得到，我們都把花瓣穿成一串瓔珞圍在他身上，封他為大哥如何？」

眾人都答應了。

阿桐走到爸爸面前，道：「我們正等着你來呢。」

阿桐的左手盤在爸爸的脖子上，一

面走一面說：「今天他們要替你辦嫁妝，教你做我的妻子。你能做我的妻子麼？」

邕邕狠視了阿桐一下，回頭用手推開他，不許他的手再搭在自己脖子上。孩子們都笑得支持不住了。

眾孩子嚷道：「我們見過邕邕用手推人了！阿桐贏了！」

邕邕從來不會拒絕人，阿桐怎能知道一說那話，就能使她動手呢？是春光的蕩漾，把他這種心思泛出來呢？或者，天地之心就是這樣呢？

你且看：漫遊的薄雲還是從這峰飛過那峰。

你且聽：雲雀和金鶯的歌聲還佈滿了空中和林中。在這萬山環抱的桃林中，除那班愛鬧的孩子以外，萬物把春光領略得心眼都迷蒙了。

微蕨：小小的蕨草。

舌簧：靈巧的舌頭。

粉淚：這裏指桃花的花瓣。

瓔珞：從前用珠玉串成的裝飾品，多用為頸飾。

心眼：指內心。

迷蒙：迷茫，看不分明。文中是指美麗的春光讓萬物都迷醉了，帶着朦朧的感覺。

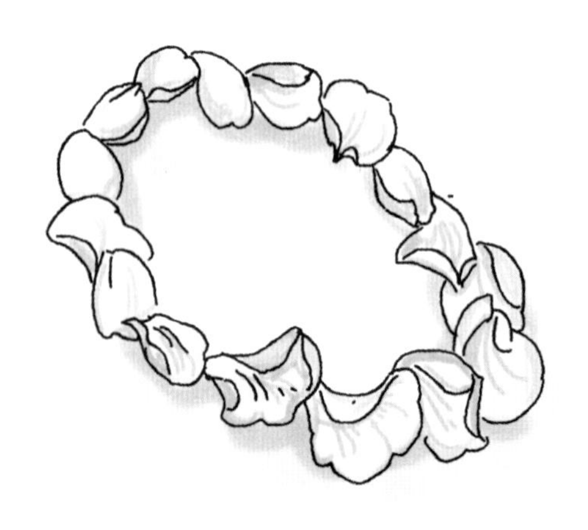

補破衣的老婦人

她坐在簷前，微微的雨絲飄搖下來，多半聚在她臉龐的皺紋上頭。她一點也不理會，儘管收拾她的筐子。

在她的筐子裏有很美麗的零剪綢緞；也有很粗陋的麻頭、布尾。她從沒有理會雨絲在她頭、面、身體之上亂撲；只提防着筐裏那些好看的材料沾濕了。

那邊來了兩個小弟兄，也許他們是學校回來。小弟弟管叫她做「衣服的外科醫生」；現在見她坐在簷前，就叫了一聲。

她抬起頭來，望着這兩個孩子笑了

一笑。那臉上的皺紋雖皺得更厲害，然而生的痛苦可以從那裏擠出許多，更能表明她是一個享樂天年的老婆子。

小弟弟說：「醫生，你只用筐裏的材料在別人的衣服上，怎麼自己的衣服卻不管了？你看你肩脖補的那一塊又該掉下來了。」

老婆子摩一摩自己的肩脖，果然隨手取下一塊小方布來。她笑着對小弟弟說：「你的眼睛實在精明！我這塊原沒有用線縫住，因為早晨忙着要出來，只用漿子暫時糊着，盼望晚上回去彌補；不提防雨絲替我揭起來了！……這揭得也不錯。我，既如你所說，是一個衣服的外科醫生，那麼，我是不怕自己的衣服害病的。」

她仍整理筐裏的零剪綢緞，沒理會雨絲零落在她身上。

哥哥說：「我看爸爸的手冊裏夾着許多的零剪文件，他也是像你一樣：不時地翻來翻去。他……」

弟弟插嘴說：「他也是另一樣的外科醫生。」

老婆子把眼光射在他們身上，說：「哥兒們，你們說得對了。你們的爸爸愛惜小冊裏的零碎文件，也和我愛惜筐裏的零剪綢緞一般。他湊合多少地方的好意思；等用得着時，就把他們編連起來，成為一種新的理解。所不同的，就是他用的頭腦；我用的只是指頭便了。你們叫他做……」

說到這裏，父親從裏面出來，問起

事由，便點頭說：「老婆子，你的話很中肯要。我們所為，原就和你一樣，東搜西羅，無非是些綢頭、布尾，只配用來補補破衲襖罷了。」

父親說完，就下了石階，要在微雨中到葡萄園裏，看看他的葡萄長芽了沒有。這裏孩子們還和老婆子爭論着要號他們的爸爸做甚麼樣醫生。

飄搖：在空中隨風飄動、搖動。

享樂天年：天年指自然的壽命。這裏是指老婦人快樂地享受自己的老年生活。

肯要：要點，關鍵。

疲倦的母親

那邊一個孩子靠近車窗坐着，遠山，近水，一幅一幅，次第嵌入窗户，射到他的眼中。他手畫着，口中還咿咿啞啞地，唱些沒字曲。

在他身邊坐着一個中年婦人，支着頭瞌睡。孩子轉過臉來，搖了她幾下，說：「媽媽，你看看，外面那座山很像我家門前的呢。」

母親舉起頭來，把眼略睜一睜；沒有出聲，又支着頤睡去。

過一會，孩子又搖她，說：「媽媽，不要睡吧，看睡出病來了。你且睜一睜眼看看外面八哥和牛打架呢。」

母親把眼略略睜開，輕輕打了孩子一下；沒有做聲，又支着頭睡去。

孩子鼓着腮，很不高興。但過一會，他又唱起來了。

「媽媽，聽我唱歌吧。」孩子對着她說了，又搖她幾下。

母親帶着不喜歡的樣子說：「你鬧甚麼？我都見過，都聽過，都知道了；你不知道我很疲乏，不容我歇一下麼？」

孩子說：「我們是一起出來的，怎麼我還頂精神，你就疲乏起來？難道大人不如孩子麼？」

車還在深林平疇之間穿行着。車中的人，除那孩子和一二個旅客以外，少有不像他母親那麼酣睡的。

次第：依一定的順序，一個接一個地。

頤：面頰，腮。

平疇：平坦的田野。

愛流汐漲

月兒的步履已踏過嵇家的東牆了。孩子在院裏已等了許久，一看見上半弧的光剛射過牆頭，便忙忙跑到屋裏叫道：「爹爹，月兒上來了，出來給我燃香吧。」

屋裏坐着一個中年的男子，他的心負了無量的愁悶。外面的月亮雖然還像去年那麼圓滿，那麼光明，可是他對於月亮的情緒就大不如去年了。當孩子進來叫他的時候，他就起來，勉強回答說：「寶璜，今晚上不必拜月，我們到院裏對着月光吃些果品，回頭再出去看看別人的熱鬧。」

孩子一聽見要出去看熱鬧，更喜得了不得。他說：「為甚麼今晚上不拈香呢？記得從前是媽媽點給我的。」

父親沒有回答他。但孩子的話很多，問得父親越發傷心了。他對着孩子不甚說話。只有向月不歇地歎息。

「爹爹今晚上不舒服麼？為何氣喘得那麼厲害？」

父親說：「是，我今晚上病了。你不是要出去看熱鬧麼？可以教素雲姐帶你去，我不能去了。」

素雲是一個年長的丫頭。主人的心思、性地，她本十分明白，所以家裏無論大小事幾乎是她一人主持。她帶寶璜出門，到河邊看看船上和岸上各樣的燈色，便中就告訴孩子說：「你爹爹今晚不舒服了，我們得早一點回去才是。」

孩子說：「爹爹白天還好好地，為何晚上就害起病來？」

「唉，你記不得後天是媽媽的百日嗎？」

「甚麼是媽媽的百日？」

「媽媽死掉，到後天是一百天的工夫。」

孩子實在不能理會那「一百日」的深密意思。素雲只得說：「夜深了，咱們回家去吧。」

素雲和孩子回來的時候，父親已經躺在牀上，見他們回來，就說：「你們回來了。」她跑到牀前回答說：「二舍，我們回來了，晚上大哥兒可以和我同睡，我招呼他，好不好？」

父親說：「不必。你還是睡你的吧。你把他安置好，就可以去歇息，這裏沒有甚麼事。」

這個七歲的孩子就睡在離父親不遠的一張小牀上。外頭的鼓樂聲，和樹梢的月影，把孩子嬲得不能睡覺。在睡眠的時候，父親本有命令，不許說話；所以孩子只得默聽着，不敢發出甚麼聲音。

樂聲遠了，在近處的雜響中，最刺激孩子的，就是從父親那裏發出來的啜泣聲。在孩子的思想裏，大人是不會哭的，所以他很詫異地問：「爹爹，你怕黑麼？大貓要來咬你麼？你哭甚麼？」他說着就要起來，因為他也怕大貓。

父親阻止他說：「爹爹今晚上不舒

服，沒有別的事。不許起來。」

「咦，爹爹明明哭了！我每哭的時候，爹爹説我的聲音像河裏水聲㶚㶚潲潲地響，現在爹爹的聲音也和那個一樣。呀，爹爹，別哭了，爹爹一哭，教寶璜怎能睡覺呢？」

孩子越説越多，弄得父親的心緒更亂。他不能用甚麼話來對付孩子，只説：「璜兒，我不是説過，在睡覺時不許説話麼？你再説時，爹爹就不疼你了。好好地睡吧。」

孩子只復説一句：「爹爹要哭教人怎樣睡得着呢？」以後他就靜默了。

這晚上的催眠歌就是父親的抽噎聲。不久，孩子也因着這聲就發出微細的鼾息，屋裏只有些雜響伴着父親發出哀音。

拈香：指燒香。

性地：指人的稟性、性情。

深密：這裏指深奧的意思，也指掩藏得很隱蔽。

嬲：戲弄、攪擾，或糾纏。

啜泣：抽噎；斷斷續續地哭。

濼濼濺濺：流水的聲音。

我的童年

一

小時候的事是很值得自己回想的，父母的愛固然是一件永遠不能再得的寶貝，但自己的幼年的幻想與情緒也像靉靆的孤雲隨着旭日升起以後，飛到天頂，便漸次地消失了。現在所留的不過是強烈的後象，以相反的色調在心頭映射着。

出世後幾年間是無知的時期，所能記的只是從家長們聽得關於自己的零碎事情，雖然沒甚麼趣味，卻不妨記記實。在公元一八九三年二月十四日，正當光緒十九年十二月二十八的上午丑時，我生於台灣台南府城延平郡王祠邊的窺園裏。這園是我祖父置的。出門不遠，有一座馬伏波祠，本地人稱為馬公廟，稱我們的家為馬公廟許厝。我的乳母求官是一個佃户的妻子，她很小心地照顧我。據母親說，她老不肯放我下地，一直到我會在桌上走兩步的時候，她才驚訝地嚷出來：「丑官會走了！」叔丑是我的小名，因為我是丑時生的。母親姓吳，兄弟們都稱她叫「嫗」，是我們幾弟兄跟着大哥這樣叫的，鄉人稱母親為「阿姐」，「阿姨」，「乃娘」，卻沒有稱「嫗」的，家裏叔伯兄弟們稱呼他們的母親，也不是這樣，所以「嫗」是我們幾兄弟對母親所用的專名。

嫗生我的時候是三十多歲，她說我小的時候，皮膚白得像那剛蛻皮的小螳螂一般。這也許不是讚我，或者是由乳母不讓我出外曬太陽的原故。老家的光景，我一點印象也沒有。在我還不到一週年的時候，中日戰爭便起來了。台灣的割讓，迫着我全家在一八九六年□日（原文空掉日子）離開鄉裏。嫗在我幼年時常對我說當時出走的情形，我現在只記得幾件有點意思的，一件是她要在安平上船以前，到關帝廟去求籤，問問台灣要到幾時才歸中國。籤詩回答她的大意說，中國是像一株枯楊，要等到它的根上再發新芽的時候才有希望。深信着台灣若不歸還中國，她定是不能再見到家門的。但她永遠不了解枯樹上發新枝是指甚麼，這謎到她去世時還在猜着。她自逃出來以後就沒有回去過。第二件可紀念的事，是她在豬圈裏養了一隻「天公豬」，臨出門的時候，她到欄外去看牠，流着淚對牠說：「公豬，你沒有福分上天公壇了，再見吧。」那豬也像流着淚，用那斷藕般的鼻子嗅着她的手，低聲嗚嗚地叫着。台灣的風俗男子生到十三四歲的年紀，家人必得為他抱一隻小公豬來養着，等到十六歲上元日，把牠宰來祭上帝，所以管牠叫「天公豬」，公豬由主婦親自豢養的，三四年之中，不能叫牠生氣、吃驚、害病等。食料得用好的，絕不能把污穢的東西給牠吃，也不能放牠出去遊蕩像平常的豬一般。更不能容牠與母豬在一起。換句話，牠是一隻預備做犧牲的聖畜。我們家那隻公豬是為大哥養的。他那年已過了十三歲。她每天親自養牠，已經快到一年了。公豬看見她到欄外格外顯出親切的情誼。她說的話，也許牠能理會幾分。我們到汕頭三個月以後，得着看家的來信，說那公豬自從她去後，就不大肯吃東西，漸漸地瘦了，不到半年公豬竟然死了。她到十年以後還在想念着牠。她歎息公豬沒福分上天公壇，大哥沒福分用一隻自豢的聖畜。故鄉的風俗男子生後三日剃胎，必在囟門上留一撮，名叫「囟鬃」。長了許剪不許剃，必得到了十六歲的上元日設壇散禮玉皇上帝及天宮，在神前剃下來。用紅線包起，放在香爐前和公豬一起供着，這是古代冠禮的遺意。

靉靆：指雲霧飄拂繚繞的樣子。

許厝：在閩南、潮汕一帶，「厝」是指房屋，居住的地方。許厝，就是指姓許的人家居住的地方。

豢養：餵養。

囟門：囟，讀 xìn 音。囟門，指嬰幼兒顱骨接合不緊所形成的骨間隙。

二

還有一件是嫗養的一隻絨毛雞。廣東叫做竹絲雞，很能下蛋。她打了一雙金耳環帶在牠的碧色的小耳朵上。臨出門的時候，她叫看家好好地保護牠。到了汕頭之後，又聽見家裏出來的人說，父親常騎的那匹馬被日本人牽去了。日本人把牠上了鐵蹄。牠受不了，不久也死了。父親沒與我們同走。他帶着國防兵在山裏，劉永福又要他去守安平。那時民主國的大勢已去，在台南的劉永福，也沒有甚麼辦法，只好預備走。但他又不許人多帶金銀，在城門口有他的兵搜查「走反」的人民。鄉人對於任何變化都叫作「反」。反朱一貴，反戴萬生，反法蘭西，都曾大規模逃走到別處去。乙未年的「走日本反」恐怕是最大的「走」了。嫗說我們出城時也受過嚴密的檢查。因為走得太倉卒，現銀預備不出來。所帶的只有十幾條紋銀，那還是到大姑母的金鋪現兑的。全家人到城門口，已是擁擠得很。當日出城的有大伯父一支五口，四嬸一支四口，嫗和我們姊弟六口，還有楊表哥一家，和我們幾兄弟的乳母及家丁七八口，一共二十多人。先坐牛車到南門外自己的田莊裏過一宿，第二天才出安平乘竹筏上輪船到汕頭去。嫗說我當時只穿着一套夏布衣服；家裏的人穿的都是夏天衣服，所以一到汕頭不久，很費了事為大家做衣服。我到現在還彷彿地記憶着我是被人抱着在街上走，看見滿街上人擁擠得很，這是我最初印在我腦子裏的經驗。自然當時不知道是甚麼，依通常計算雖叫做三歲，其實只有十八個月左右。一切都是很模糊的。

我家原是從揭陽移居於台灣的。因為年代遠久，族譜裏的世系對不上，一時不能歸宗。爹的行止還沒一定，所以暫時寄住在本家的祠堂裏。主人是許子榮先生與子明先生二位昆季，我們稱呼子榮為太公，子明為三爺。他們二位是爹的早年的盟兄弟。祠堂在桃都的圍村，地方很宏敞。我們一家都住得很舒適。太公的二少爺是個秀才，我們稱他為杞南兄，大少爺在廣州經商，我們稱他做梅坡哥。祠堂的右邊是杞南兄住着，我們住在左邊的一段。嫗與我們幾兄弟住在一間房。對面是四嬸和她的子女住。隔一個天井，是大伯父一家住。大哥與伯父的兒子辛哥住伯父的對面房。當中各隔着一間廳。大伯的姨太清姨和遜姨住左廂房，楊表哥住外廂房，其餘乳母工人都在廳上打鋪睡。這樣算是在一個小小的地方安頓了一家子。

祠堂前頭有一條溪，溪邊有蔗園一大區，我們幾個小弟兄常常跑到園裏去捉迷藏；可是大人們怕裏頭有蛇，常常不許我們去。離蔗園不遠的地方還有一區果園，我還記得柚子樹很多。到開花的時候，一陣陣的清香教人聞到覺得非常愉快；這氣味好像現在還有留着。那也許是我第一次自覺在樹林裏遨遊。在花香與蜂鬧的樹下，在地上玩泥土，玩了大半天才被人叫回家去。

嫗是不喜歡我們到祠堂外去的，她不許我們到水邊玩，怕掉在水裏；不許到果園裏去，怕糟蹋人家的花果；又不許到蔗園去，怕被蛇咬了。離祠堂不遠通到村市的那道橋，非有人領着，是絕對不許去的，若犯了她的命令，除掉打一頓之外，就得受締佛的刑罰。締佛是從鄉人迎神賽會時把偶像締結在神輿上以防傾倒的意義得來的，我與叔庚被締的時候次數最多，幾乎沒有一天不「締」整個下午。

行止：行動，活動。

昆季：指兄弟。兄長為昆，幼弟為季。

蟬

急雨之後，蟬翼濕得不能再飛了。那可憐的小蟲在地面慢慢地爬，好容易爬到不老的松根上頭。松針穿不牢的雨珠從千丈高處脫下來，正滴在蟬翼上。蟬嘶了一聲，又從樹的露根摔到地上了。

雨珠，你和牠開玩笑麼？你看，螞蟻來了！野鳥也快要看見牠了！

好容易：即「好不容易」的意思。

蛇

在高可觸天的桄榔樹下，我坐在一條石凳上，動也不動一下。穿彩衣的蛇也蟠在樹根上，動也不動一下。多會讓我看見牠，我就害怕得很，飛也似地離開那裏，蛇也和飛箭一樣，射入蔓草中了。

我回來，告訴妻子說：「今兒險些不能再見你的面！」

「甚麼原故？」

「我在樹林見了一條毒蛇：一看見牠，我就速速跑回來；蛇也逃走了，……到底是我怕牠，還是牠怕我？」

妻子說：「若你不走，誰也不怕誰。在你眼中，牠是毒蛇；在牠眼中，你比牠更毒呢！」

但我心裏想着，要兩方互相懼怕，才有和平。若有一方大膽一點，不是他傷了我，便是我傷了他。

桄榔樹：一種喜愛陽光，不耐寒的樹木。

蟠：即「盤」。

先農壇

曾經一度繁華過的香廠，現在剩下些破爛不堪的房子，偶爾經過，只見大兵們在廣場上練國技。望南再走，排地攤的猶如往日，只是好東西越來越少，到處都看見外國來的空酒瓶，香水樽，胭脂盒，乃至簇新的東洋磁器，故衣攤上不入時的衣服，「一塊八」、「兩塊四」，叫賣的夥計連翻帶嚷地兜攬，買主沒有，看主卻是很多。

在一條凹凸得特別的馬路上走，不覺進了先農壇的地界。從前在壇裏的惟一新建築，「四面鐘」，如今只剩一座空洞的高台，四圍的柏樹早已變成富人們的棺材或傢俬了。東邊一座禮拜寺是新的。球場上還有人在那裏練習。綿羊三五羣，遍地披着枯黃的草根。風稍微一動，塵土便隨着飛起，可惜顏色太壞，若是雪白或朱紅，豈不是很好的國貨化妝材料？

到壇北門，照例買票進去。古柏依舊，茶座全空。大兵們住在大殿裏，很好看的門窗，都被拆作柴火燒了。希望北平市遊覽區劃定以後，可以有一筆大款來修理。北平的舊建築，漸次少了，房主不斷地賣折貨。像最近的定王府，原是明朝胡大海的府邸，論起建築的年代足有五百多年。假若政府有心保存北平古物，決不致於讓市民隨意拆毀。拆一間是少一間。現在壇裏，大兵拆起公有建築來了。愛國得先從愛惜公共的產業做起，得先從愛惜歷史的陳蹟做起。

觀耕台上坐着一男一女，正在密談，心情的熱真能抵禦環境的冷。桃樹柳樹都脫掉葉衣，做三冬的長眠，風搖，鳥喚，都聽不見。雩壇邊的鹿，伶俐的眼睛瞭望着過路的人。遊客本來有三兩個，牠們見了格外相親。在那麼空曠的園囿，本不必攔着牠們，只要四圍開上七八尺深的溝，斜削溝的裏壁，使當中成一個圓丘，鹿放在當中，雖沒遮欄，也跳不上來。這樣，園景必定優美得多。星雲壇比嶽瀆壇更破爛不堪。乾蒿敗艾，滿佈在磚縫瓦罅之間，拂人衣裾，便發出一種清越的香味。老松在夕陽底下默然站着。人說它像盤旋的虯龍，我說它像開屏的孔雀，一顆一顆的松球，襯着暗綠的針葉，遠望着更像得很。松是中國人的理想性格，畫家沒有不喜歡畫它。孔子說它後凋還是屈了它，應當說它不凋才對。英國人對於橡樹的情感就和中國對於松樹的一樣。中國人愛松並不盡是因為它長壽，乃是因為它當飄風飛雪的時節能夠站得住，生機不斷，可發榮的時間一到，便又青綠起來。人對着松樹是不會失望的。它能給人一種興奮，雖然樹上留着許多枯枝丫，看來越增加它的壯美。就是枯死，也不像別的樹木等閒地倒下來。千年百年是那麼立着，藤蘿纏它，薜荔黏它，都不怕，反而使它更優越，更秀麗。古人說松籟好聽得像龍吟。龍吟我們沒有聽過，可是它所發出的逸韻，真能使人忘掉名利，動出塵的想頭。可是要記得這樣的聲音，決不是一寸一尺的小松所能發出，非要經得百千年的磨練，受過風霜或者吃過斧斤的虧，能夠立得定以後，是做不到的。所以當年壯的時候，應學松柏的抵抗力，忍耐力和增進力；到年衰的時候，也不妨送出清越的籟。

對着松樹坐了半天。金黃色的霞光已經收了，不免離開雩壇直出大門。門外前幾年挖的戰壕，還沒填滿。羊羣領着我向着歸路。道邊放着一擔菊花，賣花人站在一家門口與那淡妝的女郎講價，不提防擔裏的黃花教羊吃了好幾棵。那人索性將兩棵帶泥丸的菊花向羊羣猛擲過去，口裏罵「你等死的羊孫子！」可也沒奈何。吃剩的花散佈在道上，也教車輪碾碎了。

雩壇：雩，讀 yú 音。古時祈雨所設的高台。

園囿：本指周圍有圍牆，佈置亭榭石木，也或養着鳥獸的皇家花園。現在也指花園，庭園。

虯龍：傳說中一種有角的小龍。現在常比喻盤曲的樹枝。

松籟：風吹松樹發出的自然聲韻。

逸韻：指高逸的風韻或指美妙動聽的樂聲、歌聲。

籟：泛指聲響。

憶盧溝橋

一

記得離北平以前，最後到盧溝橋，是在二十二年的春天。我與同事劉兆蕙先生在一個清早由廣安門順着大道步行，經過大井村，已是十點多鐘。參拜了義井庵的千手觀音，就在大悲閣外少憩。那菩薩像有三丈多高，是金銅鑄成的，體相還好，不過屋宇傾頹，香煙零落，也許是因為求願的人們發生了求財賠本求子喪妻的事吧。這次的出遊本是為訪求另一尊銅佛而來的。我聽見從宛平城來的人告訴我那城附近有所古廟塌了，其中許多金銅佛像，年代都是很古的。為知識上的興趣，不得不去採訪一下。大井村的千手觀音是有著錄的，所以也順便去看看。

出大井村，在官道上，巍然立着一座牌坊，是乾隆四十年建的。坊東面額書「經環同軌」，西面是「蕩平歸極」。建坊的原意不得而知，將來能夠用來做凱旋門那就最合宜不過了。

春天的燕郊，若沒有大風，就很可以使人流連。樹幹上或土牆邊蝸牛在畫着銀色的涎路。牠們慢慢移動，像不知道牠們的小介殼以外還有甚麼宇宙似的。柳塘邊的雛鴨披着淡黃色的氄毛，映着嫩綠的新葉；游泳時，微波隨蹼翻起，泛成一彎一彎動着的曲紋，這都是生趣的示現。走乏了，且在路邊的墓園少住一回。劉先生站在一座很美麗的窣堵坡上，要我給他拍照。在榆樹蔭覆之下，我們沒感到路上太陽的酷烈。寂靜的墓園裏，雖沒有甚麼名花，野卉倒也長得頂得意地。忙碌的蜜蜂，兩隻小腿黏着些少花粉，還在採集着。螞蟻為爭一條爛殘的蚱蜢腿，在枯藤的根本上爭鬥着。落網的小蝶，一片翅膀已失掉效用，還在掙扎着。這也是生趣的示現，不過意味有點不同罷了。

閒談着，已見日麗中天，前面宛平城也在域之內了。宛平城在盧溝橋北，建於明崇禎十年，名叫「拱北城」，周圍不及二里，只有兩個城門，北門是順治門，南門是永昌門。清改拱北為拱極，永昌門為威嚴門。南門外便是盧溝橋。

拱北城本來不是縣城，前幾年因為北平改市，縣衙才移到那裏去，所以規模極其簡陋。從前它是個衛城，有武官常駐鎮守着，一直到現在，還是一個很重要的軍事地點。我們隨着駱駝隊進了順治門，在前面不遠，便見了永昌門。大街一條，兩邊多是荒地。我們到預定的地點去探訪，果見一個龐大的銅佛頭和些銅像殘體橫陳在縣立學校裏的地上。拱北城內原有觀音庵與興隆寺，興隆寺內還有許多已無可考的廣慈寺的遺物，那些銅像究竟是屬於那寺的也無從知道。我們摩挲了一回，才到盧溝橋頭的一家飯店午膳。

涎路：涎，唾沫、口水。指蝸牛在地上爬過，留下的黏液會形成一條小路似的痕跡。

日麗中天：太陽當空照的意思，多數指中午時分。

二

自從宛平縣署移到拱北城，盧溝橋便成為縣城的繁要街市。橋北的商店民居很多，還保存着從前中原數省入京孔道的規模。橋上的碑亭雖然朽壞，還矗立着。自從歷年的內戰，盧溝橋更成為戎馬往來的要衝，加上長辛店戰役的印象，使附近的居民都知道近代戰爭的大概情形，連小孩也知道飛機、大炮、機關槍都是做甚麼用的。到處牆上雖然有標語貼着的痕跡，而在色與量上可不能與賣藥的廣告相比。推開窗户，看着永定河的濁水穿過疏林，向東南流去。想起陳高的詩：「盧溝橋西車馬多，山頭白日照清波。氈盧亦有江南婦，愁聽金人出塞歌。」清波不見，渾水成潮，是記述與事實的相差，抑昔日與今時的不同，就不得而知了。但想像當日橋下雅集亭的風景，以及金人所掠江南婦女，經過此地的情形，感慨便不能不觸發了。

從盧溝橋上經過的可悲可恨可歌可泣的事跡，豈止被金人所掠的江南婦女那一件？可惜橋欄上蹲着的石獅子個個只會張牙裂眥、結舌無言，以致許多可以稍留印跡的史實，若不隨蹄塵飛散，也教輪輻壓碎了。我又想着天下最有功德的是橋樑。它把天然的阻隔連絡起來，它從這岸度引人們到那岸。在橋上走過的是好是歹，於它本來無關，何況在上面走的不過是長途中的一小段，它哪能知道何者是可悲可恨可泣呢？它不必記歷史，反而是歷史記着它。盧溝橋本名廣利橋，是金大定二十九年始建，至明昌三年（西元一一八九至一一九二）修成的。它擁有世界的聲名是因為曾入馬哥博羅的記述。馬哥博羅記作「普利桑乾」，而歐洲人都稱它做「馬哥博羅橋」，倒失掉記者讚歎桑乾河上一道大橋的原意了。中國人是擅於修造石橋的，在建築上只有橋與塔可以保留得較為長久。中國的大石橋每能使人歎為鬼役神工，盧溝橋的偉大與那有名的泉州洛陽橋和漳州虎渡橋有點不同。論工程，它沒有這兩道橋的宏偉，然而在史跡上，它是多次繫着民族安危。縱使你把橋拆掉，盧溝橋的神影是永不會被中國人忘記的。這個在「七七」事件發生以後，更使人覺得是如此。當時我只想着日軍許會從古北口入北平，由北平越過這道名橋侵入中原，決想不到火頭就會在我那時所站的地方發出來。

在飯店裏，隨便吃些燒餅，就出來，在橋上張望。鐵路橋在遠處平行地架着。馱煤的駱駝隊隨着鈴鐺的音節整齊地在橋上邁步。小商人與農民在雕欄下作交易上很有禮貌的計較。婦女們在橋下浣衣，樂融融地交談。人們雖不理會國勢的嚴重，可是從軍隊裏宣傳員口裏也知道強敵已在門口。我們本不為做間諜去的，因為在橋上向路人多問了些話，便教警官注意起來，我們也自好笑。我是為當事官吏的注意而高興，覺得他們時刻在提防着，警備着。過了橋，便望見實柘山，蒼翠的山色，指示着日斜多了幾度。在礫原上流連片時，暫覺晚風拂衣，若不回轉，就得住店了。「盧溝曉月」是有名的。為領略這美景，到店裏住一宿，本來也值得，不過我對於曉風殘月一類的景物素來不大喜愛，我愛月在黑夜裏所顯的光明。曉月只有垂死的光，想來是很淒涼的。還是回家吧。

我們不從原路去，就在拱北城外分道。劉先生沿着舊河牀，向北回海甸去。我撿了幾塊石頭，向着八里莊那條路走。進到阜城門，望見北海的白塔已經成為一個剪影貼在灑銀的暗藍紙上。

戎馬：指懷胎的母馬，也指軍隊。

要衝：指多條重要道路會合的地方。

張牙裂眥：眥，眼眶。形容張大嘴巴，極力瞪大眼睛的樣子。

梨花

她們還在園裏玩，也不理會細雨絲絲穿入她們的羅衣。池邊梨花的顏色被雨洗得更白淨了，但朵朵都懶懶地垂着。

姊姊說：「你看，花兒都倦得要睡了！」

「待我來搖醒它們。」

姊姊不及發言，妹妹的手早已抓住樹枝搖了幾下。花瓣和水珠紛紛地落下來，鋪得銀片滿地，煞是好玩。

妹妹說：「好玩啊，花瓣一離開樹枝，就活動起來了！」

「活動甚麼？你看，花兒的淚都滴在

我身上哪。」姊姊說這話時，帶着幾分怒氣，推了妹妹一下。她接着說：「我不和你玩了，你自己在這裏吧。」

妹妹見姐姐走了，直站在樹下出神。停了半晌，老媽子走來，牽着她，一面走着，說：「你看，你的衣服都濕透了；在陰雨天，每日要換幾次衣服，教人到哪裏找太陽給你曬去呢？」

落下來的花瓣，有些被她們的鞋印入泥中；有些黏在妹妹身上，被她帶走；有些浮在池面，被魚兒銜入水裏。那多情的燕子不歇把鞋印上的殘瓣和軟泥一同銜在口中，到樑間去，構成牠們的香巢。

羅衣：指用輕軟絲織品製成的衣服。

債

他一向就住在妻子家裏，因為他除妻子以外，沒有別的親戚。妻家的人愛他的聰明，也憐他的伶仃，所以萬事都尊重他。

他的妻子早已去世，膝下又沒有子女。他的生活就是唸書、寫字，有時還彈彈七弦。他絕不是一個書呆子，因為他常要在書內求理解，不像書呆子只求多唸。

妻子的家裏有很大的花園供他遊玩；有許多奴僕聽他使令。但他從沒有特意到園裏遊玩，也沒有呼喚過一個僕人。

在一個陰鬱的天氣裏，人無論在甚麼地方都不舒服的。岳母叫他到屋裏閒談，不曉得為甚麼緣故就勸起他來，岳母說：「我覺得自從儷兒去世以後，你就比前格外客氣。我勸你毋須如此，因為外人不知道都要怪我。看你穿成這樣，還不如家裏的僕人，若有生人來到，叫我怎樣過得去？倘或有人欺負你，說你這長那短，盡可以告訴我，我責罰他給你看。」

「我哪裏懂得客氣！不過我覺得我欠的債太多，不好意思多要甚麼。」

「甚麼債？有人問你算賬麼？唉，你太過見外了！我看你和自己的子姪一樣。你短了甚麼，儘管問管家的要去，若有人敢說閒話，我定不饒他。」

「我所欠的是一切的債，我看見許多貧乏人、愁苦人，就如該了他們無數量的債一般。我有好的衣食，總想先償還他們。世間若有一個人吃不飽足，穿不暖和，住不舒服，我也不敢公然獨享這具足的生活。」

「你說得太玄了！」她說過這話，停了半晌才接着點頭說，「很好，這才是讀書人『先天下之憂而憂』的精神……然而你要甚麼時候才還得清呢？你有清還的計畫沒有？」

「唔……唔……」他心裏從來沒有想到這個，所以不能回答。

「好孩子，這樣的債，自來就沒有人能還得清，你何必自尋苦惱？我想，你還是做一個小小的債主罷。說到具足生活，也是沒有涯岸的。我們今日所謂具足，焉知不是明日的缺陷？你多唸一點書就知道生命即是缺陷的苗圃，是煩惱的秧田。若要補修缺陷，拔除煩惱，除棄絕生命外，沒有別條道路。然而，我們哪能辦得到？個個人都那麼怕死！你不要作這種非非想，還是順着境遇做人去吧。」

「時間，……計畫，……做人……」這幾個字從岳母口裏發出，他的耳鼓就如受了極猛烈的椎擊。他想來想去，已想昏了。他為解決這事，好幾天沒有出來。

那天早晨，女傭端粥到他房裏，沒見他，心中非常疑惑。因為早晨，他沒有甚麼地方可去。海邊呢？他是不輕易到的。花園呢？他更不願意在早晨去。因為丫頭們都在那個時候到園裏爭摘好花去獻給她們幾位姑娘。他最怕見的是人家毀壞現成的東西。

女傭四圍一望，驀地看見一封信被留針刺在門上。她忙取下來。給別人一看，原來是交給老夫人的。

她把信拆開，遞給老夫人。上面寫着：

親愛的岳母：

你問我的話，教我實在想不出好回答。而且，因你這一問，使我越發覺得我所負的債更重。我想做人若不能還債，就得避債，決不能教債主把他揪住，使他受苦。若論還債，依我的力量、才能，是不濟事的。我得出去找幾個幫忙的人，如果不能找着，再想法子。現在我去了，多謝你栽培我這麼些年。我的前途，望你記念；我的往事，願你忘卻。我也要時時祝你平安！

婿容融留字

老夫人唸完這信，就非常愁悶。以後，每想起她的女婿，便好幾天不高興。但不高興儘管不高興，女婿至終沒有回來。

伶仃：指孤苦無依靠。

該：這裏指「虧欠」。

具足：指充足。

玄：深奧而不容易理解的。

焉：哪裏，怎麼。

非非想：比喻不切實際的幻想。

暗途

「我的朋友，且等一等，待我為你點着燈，才走。」

吾威聽見他的朋友這樣說，便笑道：「哈哈，均哥，你以我為女人麼？女人在夜間走路才要用火；男子，又何必呢？不用張羅，我空手回去吧——省得以後還要給你送燈回來。」

吾威的村莊和均哥所住的地方隔着幾重山，路途崎嶇得很厲害。若是夜間要走那條路，無論是誰，都得帶燈。所以均哥一定不讓他暗中摸索回去。

均哥說：「你還是帶燈好。這樣的

天氣，又沒有一點月影，在山中，難保沒有危險。」

吾威說：「若想起危險，我就回去不成了……」

「那麼，你今晚上就住在我這裏，如何？」

「不，我總得回去，因為我的父親和妻子都在那邊等着我呢。」

「你這個人，太過執拗了。沒有燈，怎麼去呢？」均哥一面說，一面把點着的燈切切地遞給他；他仍是堅辭不受。

他說：「若是你定要叫我帶着燈走，那教我更不敢走。」

「怎麼呢？」

「滿山都沒有光，若是我提着燈走，也不過是照得三兩步遠，且要累得滿山的昆蟲都不安。若湊巧遇見長蛇也衝着火光走來，可又怎辦呢？再說，這一點的光可以把那照不着的地方越顯得危險，越能使我害怕。在半途中，燈一熄滅，那就更不好辦了。不如我空着手走，初時雖覺得有些妨礙，不多一會，甚麼都可以在幽暗中辨別一點。」

他說完，就出門。均哥還把燈提在手裏，眼看着他向密林中那條小路穿進去，才搖搖頭說：「天下竟有這樣怪人！」

吾威在暗途中走着，耳邊雖常聽見飛蟲、野獸的聲音，然而他一點害怕也沒有。在蔓草中，時常飛些螢火出來，光雖不大，可也夠了。他自己說：「這是均哥想不到，也是他所不能為我點的燈。」

那晚上他沒有跌倒，也沒有遇見毒蟲野獸，安然地到他家裏。

張羅：這裏指照應，籌劃，安頓。

執拗：形容固執任性，堅持自己的意見，不聽勸告。

山響

羣峰彼此談得呼呼地響。他們的話語，給我猜着了。

這一峰說：「我們的衣服舊了，該換一換啦！」

那一峰說：「且慢吧，你看，我這衣服好容易從灰白色變成青綠色，又從青綠色變成珊瑚色和黃金色，——質雖是舊的，可是形色還不舊。我們多穿一會吧。」

正在商量的時候，他們身上穿的，都出聲哀求說：「饒了我們，讓我們歇歇吧。我們的形態都變盡了。再不能為你們爭體面了。」

「去吧，去吧，不穿你們也算不得甚麼。横豎不久我們又有新的穿。」羣峰都出着氣這樣説。説完之後，那紅的、黄的彩衣就陸續褪下來。

我們都是天衣，那不可思議的靈，不曉得甚時要把我們穿着得非常破爛，才把我們收入天櫥。願他多用一點力氣，及時用我們，使我們得以早早休息。

體面：面子。

生

我的生活好像一棵龍舌蘭，一葉一葉，慢慢地長起來。某一片葉在一個時期曾被那美麗的昆蟲做過巢穴；某一片葉曾被小鳥們歇在上頭歌唱過。現在那些葉子都落掉了！只有瘢楞的痕跡留在幹上。人也忘了某葉某葉曾經顯過的樣子；那些葉子曾經歷過的事跡惟有龍舌蘭自己可以記憶得來，可是它不能說給別人知道。

我的生活好像我手裏這管笛子。它在竹林裏長着的時候，許多好鳥歌唱給它聽；許多猛獸長嘯給它聽；甚至天中的風雨雷電都不時教給它發音的方法。

它長大了，一切教師所教的都納入它的記憶裏。然而它身中仍是空空洞洞，沒有甚麼。

做樂器者把它截下來，開幾個氣孔，擱在唇邊一吹，它從前學的都吐露出來了。

瘕楞：像瘡疤那樣凸起。

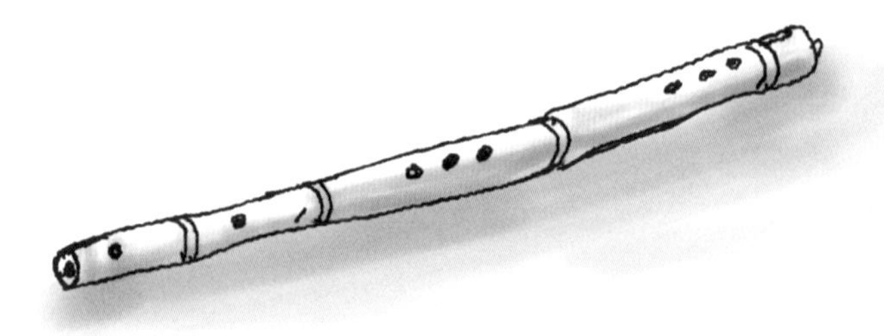

面具

人面原不如那紙製的面具喲！你看那紅的、黑的、白的、青的，喜笑的，悲哀的，目眥怒得欲裂的面容，無論你怎樣褒獎，怎樣嫌棄，它們一點也不改變。紅的還是紅，白的還是白；目眥欲裂的還是目眥欲裂。

人面呢？顏色比那紙製的小玩意兒好而且活動，帶着生氣。可是你褒獎他的時候，他雖是很高興，臉上卻裝出很不願意的樣子，你指摘他的時候，他雖是懊惱，臉上偏要顯出勇於納言的顏色。

人面到底是靠不住呀！我們要學面

具，但不要戴它，因為面具後頭應當讓他空着才好。

指摘：指出錯誤並加以批評。

納言：這裏指接受別人的意見。

鄉曲的狂言

在城市住久了，每要害起村莊的相思病來。我喜歡到村莊去，不單是貪玩那不染塵垢的山水；並且愛和村裏的人攀談。我常想着到村裏聽莊稼人說兩句愚拙的話語，勝過在都邑裏領受那些智者的高談大論。

這日，我們又跑到村裏拜訪耕田的隆哥。他是這個小村的長者，自己耕着幾畝地，還藝一所菜園。他的生活倒是可以羨慕的。他知道我們不願意在他矮陋的茅茆裏，就讓我們到籬外的瓜棚底下坐坐。

橫空的長虹從前山的凹處吐出來，七色的影印在清潭的水面。我們正凝神看着，驀然聽得隆哥好像對着別人說：「衝那邊走罷，這裏有人。」

「我也是人，為何這裏就走不得？」我們轉過臉來，那人已站在我們跟前。那人一見我們，應行的禮，他也懂得。我們問過他的姓名，請他坐。隆哥看見這樣，也就不做聲了。

我們看他不像平常人；但他有甚麼毛病，我們也無從說起。他對我們說：「自從我回來，村裏的人不曉得當我做個甚麼？我想我並沒有壞意思，我也不打人，也不叫人吃虧，也不佔人便宜，怎麼他們就這般地欺負我——連路也不許我走？」

和我同來的朋友問隆哥說：「他的職業是甚麼？」隆哥還沒做聲，他便說：「我有事做，我是有職業的人。」說着，便從口袋裏掏出一個小摺子來，對我的朋友說：「我是做買賣的。我做了許久了，這本摺子裏所記的賬不曉得是人該我的，還是我該人的，我也記不清楚，請你給我看看。」他把摺子遞給我的朋友，我們一同看，原來是同治年間的廢摺！我們忍不住大笑起來，隆哥也笑了。

隆哥怕他招笑話，想法子把他哄走。我們問起他的來歷，隆哥說他從少在天津做買賣，許久沒有消息，前幾天剛回來的。我們才知道他是村裏新回來的一個狂人。

隆哥說：「怎麼一個好好的人到城

市裏就變成一個瘋子回來？我聽見人家說城裏有甚麼瘋人院，是造就這種瘋子的。你們住在城裏，可知道有沒有這回事？」

我回答說：「笑話！瘋人院是人瘋了才到裏邊去了；並不是把好好的人送到裏面教瘋了放出來的。」

「既然如此，為何他不到瘋人院裏住，反跑回來，到處騷擾？」

「那我可不知道了。」我回答時，我的朋友同時對他說：「我們也是瘋人，為何不到瘋人院裏住？」

隆哥很詫異地問：「甚麼？」

我的朋友對我說：「我這話，你說對不對？認真說起來，我們何嘗不狂？要是方才那人才不狂呢。我們心裏想甚麼，口又不敢說，手也不敢動，只會裝出一副臉孔；倒不如他想說甚麼便說甚麼，想做甚麼便做甚麼，那分誠實，是我們做不到的。我們若想起我們那些受拘束而顯出來的動作，比起他那真誠的自由行動，豈不是我們倒成了狂人？這樣看來，我們才瘋，他並不瘋。」

隆哥不耐煩地說：「今天我們都發狂了，說那個幹甚麼？我們談別的吧。」

瓜棚底下閒談，不覺把印在水面長虹驚跑了。隆哥的兒子趕着一對白鵝向潭邊來。我的精神又貫注在那純淨的家禽身上。鵝見着水也就發狂了。牠們互叫了兩聲，便拍着翅膀趨入水裏，把靜明的鏡面踏破。

茅茆：這裏指茅草搭成的草棚。

靜明：平靜明亮。

讀書談(節錄)[5]

讀書的目的

書不是人人必讀的，不過，若是能讀的話，就非讀不可。我想讀書的目的有三種：第一為生活，第二為知識，第三為修養。第一個目的是淺而易見的，要到社會混飯吃，又不願意去「做手藝」，「當聽差」，不在學堂裏領一張文憑便不成功。再進一步說，若要手藝做得好，聽差當得令人稱意也非從書裏去找出路不可。讀書人，尤其是大學

5 編者按：本文節選自《讀書談》一文。

生，許多並沒有做律師的天才，偏要去學法律；沒有當醫生的興趣卻要去習醫學；因為「謀生」與「出路」無形中浪費了許多青年的時間，精神與金錢。所以在進大學或專門學校以前，學者應當先受學習能力與興趣的測驗，由專家指導他，向着與他合式的科目去學。若能這樣辦，讀書為用的目的才算真正達到。不然，所學非所用，或對於所學不忠實的事情一定不能免。如果興趣或能力改變，自然還可以更換他的學與業，所不能有的，是學者持着「敲門磚」的態度，事一混得來，書本也扔了。

第二種目的，讀書為求知識。這個目的可以說超出飯碗問題之上，純為求知識而讀書，以書為嗜好品，以書為朋友、以書為情人。讀書為用，固然是必要的，然而求知識也是人生不可少的慾望。生活是靠知識培養的。一個人雖然不須出來混飯，知識卻不能不要。有一次，同學李勳剛先生告訴我，說他有了一個很驕傲的朋友，最看不起人抱着書來唸，甚至反對人進學堂，那朋友說：「我一向沒進過學校，可以月月賺錢，讀書尤其是入大學，是沒用的。」李先生回答他說：「自然，像你有萬貫家財，做事不做事沒關係，可是唸書並不單為做事，得知識，叫人不糊塗，豈不是也頂重要麼？像我進過大學，雖然沒賺得像些沒進過大學的人們那麼多錢，若是我的孩子病了，我決不會教他吃下四隻蠍子。」他這話是因那朋友在不久的過去，信巫醫的話，把四隻蠍子煅成灰，給他一個有病的兒子吃，不幸吃壞了！這事很可以指出知識是人生最要緊的一件事。有知識，便沒有糊塗的行為。知識大半是從書本上得來。一個人常要經過亂讀書的時期，才能進入揀書讀的境地。亂讀書只是尋求知識的初步，揀書讀，才能算上了知識的軌道。

第三種目的是為修養。「讀聖賢書，所學何事？」這話充分表現讀書為修養的意思。古人讀書的目的、求知與修養是一貫的，因為讀不成書的早當離開學校到市廛或田野去了。市廛或田野乃小人的去處，知識與修養不能從那些地方得來。這觀念當然不正確，應是讀一日書當獲一日之益，讀一日書，有一日之用。無論取甚麼職業，當以不捨書本為是。深奧的書不能讀，淺近的書也應當讀，不然，真會令人墮落到理智喪失的地步。讀書只為利用與知識是不夠的。用，要審時宜；知，要辨利害，要做到這一層，非有涵養不可。古人勸人以「不以情慾殺身，不以學術殺天下後世」，是表明修養的重要。我們可以説，所得於讀書的，不但希望能在生活得成功，在理智得完備，並且在保持道德與意志的健康。

合式：指符合實際，妥當。

煅：放在火裏燒。

市廛：指店鋪集中的市區。

涵養：道德、學問等方面的修養；也指善於控制情緒的功夫。

讀書的方法

現在我們應讀的書多過古人幾千倍，在道理上講，讀書的目的仍沒多少更變。不過方法學發達了，我們現在用不着死記的工夫。知識的朋友多了，我們有問題可以彼此提出來，互相討究。這比古人讀書的困難實在天壤之隔。若講到現代讀書的方法，當然也可以依着前頭三種目的去採取。為修養和為知識而記下的筆記定然是不同的。在所學還沒有得系統的時候，應當用紙片將書中所要用的問句鈔下來，放在一定的地方，自己分出類部來。紙片記法是現在最流行的一種方法，從前我們的舊書塾也有類乎這樣辦法，便是用紙籤一條一條鈔起來，依着部類釘在一起這便是「條」字的原來意思。假如在紙片裏發現出可疑的地方，應當另外提出來，備日後的探究。註解書籍的工夫不必人人去做，但若要訓練自己讀書的嚴勤習慣，也不妨在這事上做一些工夫。註解當然要包括校勘，那麼沒有目錄學的書籍也不成。凡讀書當選最靠得住的本子去讀，如果讀誦的過程中發現甚麼新解，先不要自滿，看看前人已經見到沒有，有人說過甚麼話沒有，自己的推論有沒有力量。只是學不能叫做讀書，非要思索過不可。讀書不消化毛病就在學而不思上頭。現在且把讀書方法的程序簡略寫幾句，第一步當檢閱目錄，如果有書評，靠得住的，也當讀一下。近代的書賈多為賺錢，宣揚文化不是他們的目的，有時看見的書名很好，內容卻是亂七八糟，以致讀者對於書的選擇成為很重要的問題。如果依着靠得住的書評家的指導，浪費時間金錢和精力的事也就可以避免了。得到要唸的書以後，第二步的工作便記錄書中的大意，用筆記法或籤條法，紙片法都成。這可以依着讀者的習慣和需要去做。從前的學者很愛剪書，把所要的材料都剪下來貼在一起。這是很費事和糟蹋書的辦法。為要簡便只把所要章節在書上的卷數篇數記錄起來就夠了。第三步，便到應用的程序上。將所得的整理好，排列出次序來，到一需要用起來，便左右逢源了，這是讀書的最有效的方法。

鈔：即「抄」。下文「一條一條鈔起來」中的「鈔」也同樣表示「抄」。

類部：即「部類」，指較大範圍的類別。

校勘：搜集某書的不同版本，並綜合有關資料，互相比較、核對，分辨它們的異同，判斷它們的正誤。

書賈：書商。

左右逢源：到處遇到充足的水源。現在常比喻做事得心應手，非常順利。

讀書人對於書的道德

從前的人對於書籍很愛惜，若非不得已決不肯在本子上塗紅畫綠。書籍越乾淨，讀的人越覺有精神。在圖書館裏，每見讀者把公共的書籍任意塗畫，圈點批註，無所不至。甚至於當公書為私產，好像「風雅賊」的徽號是於為學無損似的。不想讀者的用功處便在以行為來表顯知識，行為不正，若不是邪知，便是不知的原故。許多公共圖書館都發現過館理的書籍常有被挖、撕、藏、偷的四件事。道德程度高的讀者當然沒有這樣事。而那毀書偷書的人們，所做的乃是損人不利己。因為知識說到底還是公共的。自己如把全部書的一部分偷走，別人固然不能讀，自己所得也不完全的。

還有借書不還也是讀書人一件大毛病。所以有許多人不願意把書輕易借給人。倘若能夠把這些惡習都改正，我想我們在讀書上便會增加了不少的方便。讀書的道德問題雖然無關於知識，但會間接地影響到學業上，便是有養成取巧的習慣。積久便會墮落到不學的地步，所以讀書人應當在這點加意。

風雅賊：風雅，指外貌或舉止端莊高雅。風雅賊，指舉止文雅、外表看似很有修養，但實際上行為不正，或偷或損害他人利益的人。

積久：長時間的累積。